LE ROBESPIERRISME.

POÊME

SUIVI DU MARATISME

ET DE

QUELQUES ÉPITAPHES RÉVOLUTIONAIRES.

> » On se récrie contre les regnes de *Néron* & de *Caligula*:
> » mais ces Princes méchans furent les fruits de leurs siecles,
> » comme de mauvais fruits font produits par de mauvais
> » arbres ; ils n'auraient point été des tyrans, s'ils n'avaient
> » trouvé parmi les Romains des délateurs, des espions,
> » des satellites & des bourreaux. »
>
> *Bernardin de Saint Pierre*. ... Études de la nature,
> *tome* 3, *page* 191.

Par FELIX FAULCON, Député en 1789.

A POITIERS,

DE L'IMPRIMERIE DE BARBIER.

Ventôse, troisième année républicaine.

AVANT-PROPOS

DU ROBESPIERRISME.

———————◆———————

Ce Poëme, fruit de la vérité & d'une indignation profonde, fut composé immédiatement après l'immortelle journée du 9 *Thermidor* : il me couta peu de peine ; car chaque vers émanait directement de mon cœur.

Le Décadi 30 Frimaire, je le lus à la Société populaire de *Poitiers* devant une nombreuse assemblée qui parut émue par la ressemblance éfrayante des tableaux, & qui arrêta d'une voix unanime qu'il serait rendu public par la voie de l'impression.

LE ROBESPIERRISME.

POÊME.

» Scito nihil unquàm fuisse tàm infame,
» tàm turpe, tàm peræquè omnibus generibus,
» ordinibus, ætatibus offensum. »

Cicero... Epift. ad Atticum, *lib.* 2, *epit.* 9.

JE reprends mes pinceaux fi long-temps négligés....(1)
Mânes plaintifs, j'en jure, oui vous serez vengés;
Oui, je vais buriner l'opprobre et l'infamie
Sur ceux qui dans le deuil (2) ont plongé ma Patrie.

 Robespierre (3) et consorts (4), c'eft vous que je
  poursuis;
En face du public ici je vous traduis:
Je veux, versant l'horreur sur vos têtes coupables,
Transmettre à nos neveux vos forfaits exécrables.

O toi! Démon des vers, viens embrâser mes chants:
Anime - les de traits terribles et touchants,
Pour qu'ils puissent porter chez les races (5) futures
Ce ramassis infect d'horribles avantures. . . . .
Mais par où commencer (6) ces sinitres tableaux?
Et la flamme, et le fer (7), et la terre, et les eaux,
Tout retrace à mes ieux d'épouvantables crimes;
Je ne vois qu'assassins; je ne vois que victimes.

Là, sont de toutes parts d'horribles Comités (8),
Par qui dans les prisons en masse sont jettés
Tous ceux que la vertu (9), le talent, la fortune (10),
Distingue (11) avec éclat de la foule commune.

Ici, j'ai devant moi des Tribunaux (12) de sang,
Effroi de l'équité, tombeau de l'innocent;
Où, sans suivre des (13) loix la forme protectrice,
Sans même se masquer d'un vernis de justice,
Des juges inhumains viennent avec transport
Prononcer au hazard des sentences de mort. . . . .
C'est sur-tout à Paris (14), qu'un vil aréopage
Egorge sans motifs, à tout sexe, à tout âge,
Et qu'indistinctement le dernier jour a lui
Sur tous ceux que le sort à traînés devant lui.

Ailleurs furent des toits (15) et des cités entieres,

Qu'ont détruits sans pitié des hordes meurtrieres ;
Ils se disent français, les barbares, hélas !
Aux français chaque jour ils donnent (16) le trépas ;
Eux français, juste ciel ! et leurs mains effrayantes
Du sang des citoyens sont encore fumantes.

Il me faudrait trouver des termes faits exprès
Pour tracer dignement tant d'atroces (17) forfaits,
Les meurtres (18), les larcins, les vols (19), les
       fusillades (20),
Et ce crime (21), nouveau, l'attentat des *noyades.*
Pourai-je peindre aussi de malheureux (22) enfants,
Arrachés, demi-morts, sur des seins palpitants,
Et lancés dans les airs au bout des baïonettes !
Dirai-je les horreurs (23) publiques et secrettes,
Commises à (24) l'envi par certains (25) Députés,
Leur longue tyrannie et leurs (26) férocités,
Et le faste insultant que ces (27) modernes princes
Affichaient sans pudeur dans nos tristes provinces ?
Ils mettaient leur caprice à la place (28) des Lois;
Au lieu d'un, nous avions des centaines (29) de Rois.

C'est pourtant ce qu'alors on nommait République (30),
Quand tout était souillé par l'infernale (31) clique
De quelques (32) factieux, dont les sanglantes mains
Se jouaient de nos jours et des droits les plus (33) saints.

Ils se ventaient d'avoir démoli les *Bastilles* . . . .
Interrogeons sur ce les diverses familles,
Et nous saurons qu'il n'est homme (34) si fortuné,
Qui n'ait vu dans les fers quelqu'un des siens traîné,
Sans même qu'il osât solliciter sa grâce,
De crainte d'être atteint de pareille (35) disgrâce.

Sur leurs levres étaient les termes de *candeur*,
De probité, (36) *vertu, patriotisme, honneur*,
Et dans leurs cœurs, ceux-ci, *cruauté, despotisme* (37),
Intolérance, haine, artifice, égoïsme. . . . . . .
Tartufes insolens, dans le crime affermis,
Ils torturaient le peuple et s'en disaient amis;
D'un pere, d'une épouse ils condamnaient les larmes;
La douce humanité, ses touchantes alarmes,
Etaient un attentat qu'il leur fallait punir;
Une parole, un geste, un regard, un soupir,
Entraînaient à la mort, pour peu que la sequelle
Eut le désir caché de vous chercher querelle. . . . .
Bref, on ne vit jamais de si grands scélérats (38),
Que ceux-là qui naguère infectaient nos (39) climats.

Ces horribles détails qui sont trop véritables,
Un jour sans doute, un jour passeront pour des fables,
Et la postérité ne pourra concevoir
Que de pareils gredins aient eu tant de pouvoir (40),

Pour nous, qui dominés par ces féroces ligues,
Avons vu de si près leurs damnables intrigues ;
Nous qui fûmes par-tout victimes ou témoins,
Pour ne plus être ainsi, consacrons tous nos (41) soins :
C'est peu que d'un beau jour on contemple l'aurore,
Il faut le lendemain qu'elle soit telle encore.

Si par hazard ces vers parviennent jusqu'à ceux
Dont je viens de tracer le portrait monstrueux,
Du nom d'*aristocrate* aussi-tôt, pleins de rage,
Ils ne manqueront pas de m'affubler, je gage ;
Car c'est ainsi par eux que souvent fut traité
L'ami de la droiture et de la vérité (42) :
Aussi, leurs échafauds, toujours en permanence (43),
Et répandus .par-tout sur le sol de la France,
Attendaient l'homme (44) vrai qui, franc dans ses propos,
Eût osé s'attendrir sur l'excès de nos maux.
Il fallait donc, parmi ce despotisme extrême,
Etoufer mal-gré (45) soi son courroux en soi-même ;
Et ce Poême, ici que j'émets librement,
M'eût valu mille morts dans cet affreux moment.

Aristocrate (46), moi, qui, depuis six années,
A la cause du peuple ai joint mes destinées ;
Moi, qui, choisi par lui pour défendre ses droits,

Donnai le premier branle à la chute des Rois,
Et qui, toujours (47) épris d'une cause aussi belle,
N'ai point trahi les vœux que je formai pour elle !
Oh non .... j'ai détesté les forfaits odieux
Qui venaient chaque jour épouvanter mes ieux :
J'ai pu rougir aussi du nom de patriote,
Qui seulement est beau quand la vertu le note (48) :
Mais le patriotisme au fond, la liberté (49),
Etaient sans cesse empreints dans mon cœur attristé ;
Et parmi mes ennuis, le plus cruel sans doute,
Etait de voir ainsi qu'on délaissait leur route.

Au reste, que faisaient ces prétendus *Brutus*,
Dont ils portaient les noms, sans avoir les vertus ;
Alors qu'il nous fallut entamer la bataille
Contre tous les abus qui régnaient à *Versaille* (51) ;
Alors qu'avec orgueil des despotes titrés
Environaient encore le trône et ses degrés,
Et qu'il fallait peut-être avoir quelque courage,
Pour tenter d'abolir ce brillant étalage !

N'étaient-ils point alors bas esclaves des grands ?
Ne caressaient-ils point nos antiques tyrans ?
Et si le sort jaloux eut trompé notre attente,
Si la cour eut repris sa force exorbitante,

N'auraient-ils

N'auraient-ils point grossi le cercle adulateur
Qui s'attache toujours au char de la faveur ?

De nos droits recouvrés ils se disent apôtres :
Et ces droits-là pourtant furent conquis par d'autres ;
Et pour la liberté leur zele n'a paru,
Qu'après que tout danger (52) loin d'elle eut disparu.

Nous n'avons pas moins vu leurs tourbes ignorées,
Despotes absolus de nos tristes contrées,
Des civiques travaux s'arroger les honneurs . . . .
Et nous, de ces travaux les premiers fondateurs,
Nous voyons ces coquins s'en répartir la gloire (53),
Arracher nos lauriers, flétrir notre mémoire. . . . . .
Que dis-je ! c'est pour nous qu'étaient leurs échafauds (54);
C'est nous qu'ils choisissaient pour peupler leurs cachots.

Moi-même, si j'ai pu déjouer leur furie,
Je le dois au parti (ciel, je t'en remercie)
Que je pris, de quitter les lieux que j'habitais,
Pour chercher (55) un refuge au milieu des (56) forêts:
Encore, confiné dans mon champêtre asyle,
Eus-je lieu trop souvent de n'être point (57) tranquille.

Mais combien j'ai perdu de collegues (58), d'amis ! . . .
Vous vouliez de nos Lois punir les ennemis,
Disiez-vous . . . . . l'étaient-ils, horde impie et barbare,

B

Ceux que j'évoque ici des ombres du Ténare,
Fréteau (59), l'ami du bien, qui redressa toujours
Le pli des préjugés et l'audace des cours ;
Thouret (60), dont le génie eût éclairé le monde,
Et purgea des abus la souillure profonde ;
Brevet (61), qui me fut cher (62), dont j'aimai les talents,
Le cœur honnête et pur, et les nobles penchants?

Avaient-ils donc (63) aussi trahi la République,
Conneau, qui, dans sa course et privée et publique
Au civisme, à l'estime, obtint des droits égaux,
Et *Clergeau*, qui tomba sous le fer des bourreaux ;
Sans qu'on pût contre lui trouver la moindre chose? ...
Ils lui donnaient la mort, sans en savoir la cause.

Et ce pauvre *Chauveau*, jeune homme infortuné,
Qu'ils ont dans leur fureur de même assassiné ;
Qu'avait-il donc fait, lui, dont l'âme ardente et neuve
De nos nouvelles Lois idolâtrait l'épreuve ;
Lui, qui dans ses discours comme dans ses écrits,
S'efforça si souvent d'en célébrer le prix?
Helas! des pleurs amers coulent de ma paupiere,
Quand je songe à la fin de sa courte carrière.
Il était mon élève et mon neveu chéri ;
Il était plus (64) encore ....il étoit mon ami :
Nous avions mêmes goûts (65), mêmes penchans, même
        âme ;

Nous sentions pour les arts une pareille flamme,
Et tous les deux aussi, de même nous aimions
Un bien long-temps perdu, les droits des Nations.
Après avoir soigné sa premiere (66) jeunesse,
J'espérais qu'avec lui, de la froide vieillesse
J'adoucirais un jour le pénible sentier :
De cet espoir flatteur occupé tout entier,
J'aimais à me nourrir d'illusions charmantes;
Il les faut donc quitter ces images riantes!
Il faut que je renonce aux séduisans projets,
Qu'ensemble tant de fois tous deux nous avons faits!

Ah! de mes mains ici je sens tomber ma plume,
Tant je suis pénétré d'horreur (67) et d'amertume.
O vous qui m'écoutez, pleurez sur mes (68) douleurs!..
Mais, amis, n'allons pas nous borner à des pleurs;
Jurons que désormais nous perdrons tous la vie,
Plutôt que d'endurer, que la France asservie,
D'un ou plusieurs tyrans (69) supporte le fardeau;
Jurons tous d'engloutir dans la nuit du tombeau
Les hommes (70) teints de sang, qui, pleins d'un noir
         délire,
Voudraient, pour satisfaire au fiel qui les inspire,
Mettre à l'ordre du jour la mort (71) et la fureur;
Mettons y la justice et non plus la terreur (72) ...

B ij

Jurons enfin, lassés d'un régime farouche,

(Et jurons le de cœur, plus encore que de bouche),

De chérir les vertus, les lois (73), la probité (74),

Garants sûrs du bonheur et de la liberté.

NOTES DU ROBESPIERRISME.

AVANT-PROPOS.

J'AI pensé que les explications qui suivent pourraient être utiles à certains lecteurs ; j'ai trouvé aussi quelques charmes à appliquer des citations, tant anciennes que modernes, aux déplorables événemens que je viens de retracer ; au demeurant, ceux à qui elles paraîtront trop multipliées, ou bien à qui les langues qui me les ont fournies ne seront pas familieres, suivront le conseil du poëte *Jean-Baptiste Rousseau* .... » ils les feront courtes, en ne les lisant point. »

1. ————— *Si long-temps négligés.*

Un homme qui voulait écrire était placé, naguère, entre le mensonge et la mort : comme je ne voulais ni mentir ni cesser d'être, j'avais déposé ma plume, et j'osais à peine la reprendre par fois pour l'exercer sur des feuilles solitaires et dérobées à tous les regards, où je dépeignais en traits de flamme le régime épouvantable qui dévastait mon pays : quelque jour peut-être, je les publierai, ces archives de douleur et de misère, que j'ai été obligé long-temps de cacher avec la plus attentive précaution.... *Jam enim charta ipsa, ne me proderet, pertimescebam.*

Cicero.....ad Atticum, *lib.* 2 *epist.* 9.

2. —————— *Sur ceux qui dans le deuil.*

Podria expressar e collegir tantas maldades, tantos estragos, tantas muertes, tantas despoblaciones, tantas y tan fieras injusticias, que espantassen los sieglos presentes y venideros.

Las Casas . . . destrucion de las Yndias, *pag.* 53.

———————————

3. ————— *Robefpierre.*

Comment le Peuple français et ses Représentans ont-ils pu se laisser asservir par un pareil personage, à qui la nature avait tout refusé, hormis quelque souplesse dans l'esprit! sa vilaine figure annonçait le crime et son âme le respirait : il n'avait d'ailleurs aucune des qualités brillantes qui illustrent par fois les grands scélérats.

———————————

4. ————— *Et Conforts.*

Comme les *Dumas* et *Fouquier-Tinville* à Paris, les *Goulin* et *Grandmaifon* à Nantes, les etc. etc. etc. . . . Il n'est point de ville qui n'ait renfermé des scélérats de cette trempe, despotes également par-tout, et par-tout métamorphosés sous les dénominations diverses d'*Administrateurs, Surveillans, Commissaires,* etc. . . etc. . . A eux seuls exclusivement appartenait le droit de tout dire, de tout faire, de tout oser, et l'incarcération au moins était le lot immanquable de tous ceux qui se trouvant placés d'une maniere ostensible, étaient assez téméraires pour ne pas paraître dire et faire comme eux.

Qu'était-ce donc que cette prétendue liberté qu'on cherchait tant à faire valoir, alors que, même dans les Sociétés populaires, ces aggrégations d'hommes réputés libres par excellence, on n'avait pas le droit d'émettre librement son opinion, je ne dirai pas, sur les détails de l'Administration ou sur ceux qui en tenaient les rênes, mais sur tels ou tels individus fort étrangers à la chose publique !

Quæ enim est libertas ? Potestas vivendi ut velis...... *Quis igitur vivit ut vult, nisi qui nihil dicit, nihil facit, nihil cogitat denique , nisi libenter ac liberé ?*

Cicero.... opera, paradoxa, *pag.* 2145.

---

5. ———— *Chez les Races futures.*

Audiet cives acuisse ferrum, *Audiet pugnas , vitio parentum* *rara Juventus.*

Horatius ... Od. lib. 1, *n.°* 2.

6.————*Mais par où commencer.*

Quisnam tali futurus ingenio est, qui possit hæc ità mandare litteris , ut facta non ficta videantur esse ?

Cicero..... ad Atticum, *pag.* 551.

---

7. ———— *Et le fer.*

Vis colitur, jurisque locum sibi vindicat ensis, *Silius italicus ;... de bello punico , lib* 2.

8. ———— d'horribles Comités.

Tous les Français d'aujourd'hui savent bien et n'oublieront pas sans doute ce que furent ces Comités, dits *de surveillance ou révolutionaires* : mais les premières générations, en apprenant qu'ils tenaient arbitrairement dans leurs mains la destinée de vingt-quatre millions d'hommes, ne pourront croire que la plupart des membres qui les composaient, sur-tout dans les grandes villes, étaient à la fois de tous les mortels, les plus ignorans, les plus cruels et les plus immoraux; bouffis d'arrogance et d'un sot orgueil, ils abusaient insolemment de l'autorité oppressive qui leur était confiée, et ne comptaient leurs journées bien remplies, qu'à proportion du plus grand nombre de malheureux qu'ils avaient faits. Pour donner une légere idée de leur inhumaine stupidité, je vais copier un de leurs *billets à ordre* que j'ai lu.... » Le sieur * * *, se rendra ce » soir à la maison d'arrêt de * * * avec son épouse, *s'il en a une.* »

Héliogabale et Busiris, à peine égaliez-vous de pareilles gens, quoique vous ayez justement encouru l'exécration des siècles par vos rafinements de barbarie : mais vous n'étiez que deux... et eux, ils étaient des milliers disséminés sur tous les coins et recoins de la France !

———————

9. ———— La vertu.

The best and worthiest men were often the Objects of their most unrelinting fury.

Mallet.... amyntor and theodora, *pag.* 51.

10. ————— *La fortune.*

Omnia erant præcipitia in Republicâ : id quoque accessit,
ut sævitiæ causam avaritia præberet , et modus culpæ ex
modo pecuniæ constitueretur , et qui fuisset locuples , fieret
n-ocens.

Velleius Paterculus .... Histor. pag. 34.

———————

11. ————— *Distingue avec éclat.*

. . . . *No honest roman may*
Pass night in rest , or view one peaceful day.
Lee. .... Nero. *Act.* 2 , *scen.* 1.

———————

12. ————— *Des Tribunaux de sang.*

Les membres des Tribunaux révolutionaires étaient aussi bien
choisis que ceux des Comités de surveillance, et c'est tout dire :
ceux-ci étaient comme les limiers de ceux-là ; les uns dévoraient
la proie que les autres avaient dépistée et saisie par avance.

———————

13. ————— *Où sans suivre de s lois.*

Il n'y avait ni jurés ni défenseurs ; l'accusé même ne pouvait
se faire entendre ... à quoi bon en effet donner des secours à
l'innocence , puisqu'on ne voulait trouver que des coupables !

———————

14. ————— *C'est sur-tout à Paris.*

Si l'on conduisait dans cette ville douze co - accusés, pour

C

peu qu'il y eût un prétexte d'accusation contre un seul, il n'en fallait pas davantage pour entraîner la condamnation de tous les autres.

Il y avait sur-tout certaines classes de citoyens pour qui l'incarcération décidée dans la *haute sagesse des surveillans* était un arrêt presqu'infaillible de mort.

Aviez-vous été *Noble* ? la mort : *Prêtre* ? la mort : *Financier* ? la mort : *Parlementaire* ? encore la mort ... *Constituant* enfin ? toujours la mort...... Les journaux divers sont autant d'annales sanglantes qui attesteront à jamais cette affreuse vérité ; ils diront aussi que la rage féroce des *meneurs*, tant du premier que du dernier ordre, était insatiable, et que les jours, en s'écoulant, loin de l'assouvir, semblaient l'irriter davantage.

Quæ non posterior dies acerbior priore, et quæ non insequens hora antecedente calamitosior populo romano illuxit!

Cicero .... ad Atticum, pag. 649.

———————

15. ——————— *Ailleurs furent des toits.*

Il serait trop douloureux et trop long d'énumérer tous les lieux qui ont été pillés, saccagés, brûlés, tant dans la malheureuse *Vendée* et pays environnans, que dans les alentours de *Lyon*, *Marseille*, *Avignon*, etc. etc. ....

———————

16. ——————— *Ils donnent le trépas.*

Quoquò, scelesti, ruitis ! ecquid dexteris
Aptantur enses conditi !
Parùm ne campis atque neptuno super
Fusum est latini sanguinis !

Horatius .... epod. n.° 7.

17. ———————— *Tant d'atroces forfaits.*

Le confiscationi dei nostri beni, glesilii, le decapitaçioni !
de nostri infelici cittadini.

Guicchardini … istoria d'Italia, *tom. 1, lib. 2, pag.* 79.

———————

18. ———————— *Les meurtres.*

Nunc ferrum erupit, rabiesque asperrima ferri
Nunc furor et cædes.

Gallus … : elegia unica.

———————

19. ——— : ———— *Les vols.*

Venalesque manus ; ibi fas, ubi maxima merces.
Lucanus … . pharsalia, *lib.* 10.

———————

20. ———————— *Fusillades* … . *noyades.*

S'il est quèlqu'un qui ignore encore ce qu'expriment ces deux
mots, il lui suffira de parcourir les papiers publics depuis deux
ans, aux articles *Lyon, Marseille, Brest, Angers, &c.* … qu'il
lise aussi les horribles détails produits devant le Tribunal
révolutionaire, dans l'affaire dite des *Nantais* … … alors il
saura que, quand les bras des bourreaux ordinaires étaient
trop fatigués (ce qui devait leur arriver souvent), ceux qui
les dirigeaient, accumulaient un grand nombre de victimes, qu'ils
faisaiant immoler ensuite à coups de fusil, et quelquefois même
à coups de canon, pour s'en défaire plus promptement ; ou
bien, ils les engloutissaient en masse dans l'abyme des eaux.

Dieux tout-puissants ! tant d'atrocités se sont-elles réellement passées sous nos yeux dans le 18.e siècle? ou plutôt n'est-ce point que mon imagination trop active me fait rétrograder vers les époques abominables de *Caligula, Domitien*, etc. etc?....

---

21. —————— *Et ce crime nouveau.*

Je me suis trompé ici: cet attentat n'est pas nouveau; jadis *Néron* le tenta sur sa mere et ne put l'effectuer..... il était digne de nos tyrans de concevoir la même idée que *Néron*, et d'être plus habile en cruautés que ce monstre.

---

22. —————— *De mal'neureux enfants.*

Voyez le discours du député *Magnant* et celui du citoyen *Thomas*, prononcés, l'un à la Convention, le 9 Vendémiaire dernier, et l'autre devant le Tribunal révolutionaire, le 13 Frimaire. C'est-là et dans le procès des *Nantais*, qu'on trouve une longue liste de destruction de vieillards, de femmes enceintes, d'enfants à la mammelle, d'autres pas encore parvenus à l'adolescence .... *Las Casas* retrace des atrocités à peu près pareilles dans sa lamentable histoire de la decouverte de l'*Amérique* par les Espagnols; je les lisais et ne pouvais y croire .... hélas! désormais je ne pourrai plus douter de rien.

---

23. —————— *Dirai-je les horreurs.*

Dii immortales! (sine gemitu hoc dici non potest) non nemo, etiàm in illo sacrario Reipublicæ, in ipsâ, inquam, curiâ non nemo hostis est.

Cicero ..... Orat. pro Murenâ, n.º 84.

24. ————————*Commifes à l'envi.*

» Sous quelle tyrannie aimeriez-vous mieux vivre? sous aucune ;
» mais s'il fallait choisir, je détesterais moins la tyrannie d'un
» seul, que celle de plusieurs. »

Voltaire .... dictionnaire philosophique, au mot tyrannie.

25. ————————*Par certains Députés.*

Amis de la liberté, relisez la tyrannie de *Carrier*, gravée
en caractères de sang dans les greffes du Tribunal révolutionaire ;
pénétrez-vous fortement aussi de l'idée épouvantable qu'ont dû
laisser dans votre âme les désordres du même genre, qui du
plus au moins se sont passés successivement sous vos ieux, et
dites, s'il exista jamais un despotisme pareil à celui sous lequel
nous fûmes asservis.

Bodin avait donc bien raison d'écrire, il y a plus de deux
siècles, » qu'il est dangereux d'avoir de méchants hommes pour
» Sénateurs, quoiqu'ils soient subtils et bien expérimentés,
» d'autant qu'ils se soucient peu de renverser toute une cité,
» pourvu que leur maison demeure entiere au milieu des ruines. »

De la République .... *liv.* 3, *pag.* 241.

26. ————————*Et leurs férocités.*

*Dispersi per municipia, spoliare, rapere, vi et stupris
polluere, in omne fas nefasque, avidi aut venales, non sacro,
non profano abstinebant.*

Tacitus. . . . hist. *lib.* 4.

27. ————————*Ces modernes Princes.*

Nam impunè quælibet facere, id est Regem esse.

Sallustius . . . . . Bellum Jug. *pag.* 97.

28. ———— *A la place des Lois.*

» Par-tout où les Lois sont violées impunément, il n'y a
» pas de Liberté. »

J. J. Rousseau . . . . lettres de la Montagne, n.° 7, pag. 272.

---

29. ———— *Des centaines de Rois.*

» Pour un tyran il y en a dix mille ; aussi le pauvre peuple
» est rongé jusqu'aux os, et cruellement asservi. »

Bodin . . . . République, *lib.* 2, *pag.* 206.

---

30. ———— *On nommait République.*

Qu'entend-on par le mot République, si ce n'est l'association
spontanée d'hommes libres, qui vivent également soumis à des
Lois qui aussi les protègent également ? or est-ce à ce caractère
qu'on peut reconnaître le gouvernement *Robespierristique*, où
quelques intrigans étaient tout, et le reste des citoyens absolument
rien ; où les Lois étaient tellement impuissantes, qu'il suffisait
de la fantaisie d'un des *meneurs*, même en sous-ordre, pour
disposer arbitrairement de la sûreté et de l'existence des familles ?

*Era constituita una spezie di reggimento, che sotto nome
di governo populare, tendeva più alla potenza di pochi,
che a participazione universale.*

Guicchardini . . . . istoria d'Italia, *tom.* 1, *lib.* 7, *pag.* 390.

---

31. ———— *Infernale clique.*

*Homines inertissumi, quorum omnis vis virtusque in linguâ
sita erat, fortè atque alterius socordiâ dominationem oblatam
insolentes agitabant.*

Sallustius . . . . epist. 1.ª ad Cæsarem.

32. —————De quelques factieux.

Iidem illi factiosi regunt, dant, adimunt quælubet, inno-
centes circumveniunt, suos ad honores extollunt.
Sallustius .... idem.

———————

33. —————Et des droits les plus faints.

» Parmi ceux qu'on regarde comme libres dans cet empire,
» il n'en n'est aucun qui ait la sûreté morale de sa personne,
» la propriété constante de ses biens, une liberté qu'il ne puisse
» perdre que dans des cas prévus et déterminés par la Loi. »

Reynal ..... histoire philosophique, *tom.* 2, *pag.* 3.

———————

34. ————— D'homme si fortuné.

Nec quisquam adeò mali expers, ut non aliquam mortem
mœreret.
Tacitus ..... hist. *lib.* 2 , *n.°* 45.

———————

35. —————De pareille disgrace.

Sur les terribles portes de certains *Comités de surveillance,*
étaient inscrits ces mots : *c'est être suspect que de venir solli-*
citer ici ; or, comme ce fatal mot de *suspect,* tant prodigué,
entraînait infailliblement l'incarcération, il s'ensuivait de-là
qu'il fallait opter entre le cachot, suivi souvent de la mort,
et l'abdication désolante des premiers devoirs de l'amitié et de
la nature.

———————

36. ————— De probité, vertu.

Ils avaient mis la probité et la vertu à l'ordre du jour, et
les pratiquaient tout aussi peu qu'ils ajoutaient de foi à l'exis-

tence de l'Être suprême, que pourtant ils avaient reconnue de la façon la plus authentique. Rien n'atteste mieux l'avilissement où les Français étaient tombés, que l'impudeur insolente avec laquelle leurs tyrans osaient en propos se pavaner de vertus qu'ils outrageaient sans cesse dans leurs actions : ils nous croyaient donc bien stupides ou bien lâches !.... et ils n'avaient pas tout-àfait tort.

37.——— Despotisme.

Non regno , sed rege liberati videmur.

Cicero .... ad Familiares, *lib.* 6, *epist.* 1.

38.——— De si grands scélérats.

At qui sunt hi qui Rempublicam occupavere ? homines sceleratíssumi, cruentis manibus, nocentissumi, idemque superbissumi !

Sallustius..... Bellum Jug. *pag.* 94.

39.——— Infectaient nos climats.

Nec spes quidem ulla recipiendæ libertatis animis poterat offerri, nec ulli remedio locus apparebat contrà tantam vim malorum.

Seneca .... de tranquillitate animi, *chap.* 3.

40.——— Aient eu tant de pouvoir.

Dove pochi cittadini hanno immoderata autorita , sara un Governo di pochi tiranni, i quali saranno tanto più pestiferi
d'un

d'un tiranno solo, quanto il male e maggiore e nuoce più, quanto più e multiplicato.

Guicchardini .... istoria d'Italia, *tom.* 1, *lib.* 1, *pag.* 80.

---

41. —————— *Consacrons tous nos soins.*

O vous que de vieilles animosités ou de vieux préjugés éloignerent si long-temps de la route du patriotisme; vous qui ne voulez pas vous décider à faire le sacrifice de quelques vaines opinions à votre tranquillité personelle, à la tranquillité de tous; vous enfin, qui êtes encore assez injustes pour prodiguer chaque jour des injures gratuites à ceux qui, après avoir été peut-être plus persécutés que vous, se sont employés de tous leurs efforts pour vous rendre à vos maisons et à vos familles; devenez donc susceptibles de réflexions impartiales; retracez-vous les longues scênes de désolation et de deuil dont vous fûtes aussi les victimes, et voyez si votre intérêt le plus pressant ne doit pas vous porter à vous réunir aux Patriotes humains et sensibles qui vous ont tiré de l'oppression! ... méditez attentivement ces phrases sublimes de *J. J. Rousseau!*

» Sur-tout réunissons-nous tous; nous sommes perdus
» sans ressource, si nous restons divisés, et pourquoi le serions-
» nous, quand de si grands intérêts communs nous unissent?
» Comment, dans un pareil danger, les petites passions osent-
» elles se faire entendre? valent-elles qu'on les contente à si
» haut prix, et faudra-t-il que nos enfants disent un jour en
» pleurant sur leurs fers; voilà le fruit des dissensions de nos
» peres? »

Lettres de la Montagne ... n° 9, *pag.* 447.

---

42. —————— *La vérité.*

Donde se halla oy la verdad! quien la diʒe! quien la oye!

Aleman ... guzman de alfarache, *part.* 2, *pag.* 328.

D

43. —————— *Toujours en permanence.*

Il n'est encore personne qui n'ait vu de ses propres yeux ce que je dis là; il n'est point d'homme paisible et bien pensant, dont l'âme n'ait été douloureusement froissée par le spectacle inamovible et par-tout multiplié sur nos places publiques, de ces machines de mort, appelées *guillotines*; ce n'était pas assez d'immoler chaque jour une multitude de citoyens, il falloit que ceux qui survivaient eussent sans cesse devant eux l'horrible image de la destruction.

44. —————— *Attendaient l'homme vrai.*

. . . . *Nec civis erat qui libera posset*
Verba animi proferre et vitam impendere vero.
Juvenal. . . . . sat. 4.

45. —————— *étouffer mal-gré foi.*

. . . . *Si vive, amico,*
Sotto un giogo crudele : anche i pensieri
Imparano a servir.
Metastasio . . . . . Ezio, att. 1, scen. 3.

46. —————— *Ariftocrate moi.*

Voilà ce que je disais, il y a peu d'heures, à quelques ennemis de la révolution, qui voulaient s'avantager de ma trop légitime douleur, pour me clâsser parmi leurs adhérens.

Mal-gré les larmes intarissables que la révolution m'a fait répandre, mal-gré les amertumes de toute espece, hélas ! et bien poignantes qui m'ont accablé tour-à-tour, s'il fallait la recommencer sur nouveaux frais, ce serait encore la cause du Peuple que je n'hésiterais pas à embrasser.

Je sais autant et plus que d'autres, que le gain de cette belle cause est précédé d'ennuis et de dangers; je sais que l'anarchie et la licence dénaturent souvent les douces jouissances de la liberté; je sais aussi que, dans ces momens de crise, le Peuple, trop susceptible d'ingratitude et de prévention, sacrifie habituellement ses meilleurs amis; mais j'oublie tout cela, quand je me retrace la grande leçon des siècles, rappelée dans cette belle phrase de *Servan* :

» Après quelques momens d'anarchie, on a souvent conquis » des siècles de liberté, tandis qu'un siècle de despotisme est » encore suivi par d'autres siècles de despotisme. »

Adresse aux amis de la paix.

---

47. —————— *Et qui toujours épris.*

O libertad preciosa,
En ti sola se anida
Oro, tesoro, bien, gloria, y vida.
Lopes de Vega.... Arcadia, pag. 26.

---

48. —————— *Quand la vertu le note.*

» Le feu sacré de la Liberté ne peut être entretenu que par » des mains pures. »

Raynal.... histoire philosophique, *tom.* 1.er pag. 302.

D ij

49. ———— La Liberté.

O liberty, thou goddess heavh'ly bright,
Profuse of bliss and pregnant with delight,
Eternal pleasures in thy presence reign.

Addisson .... poems, pag. 41.

---

50. ———— Ces prétendus Brutus.

Il est une foule de très-petits hommes qui ont cru devenir bien grands, en se faisant appeler *Aristide, Brutus, Caton,* etc... ils étaient assez ineptes pour ne pas voir que la comparaison qu'eux-mêmes excitaient à faire, était entiérement à leur désavantage..... Nous sommes dans la troisième année de notre République, et nous n'avons pas vu parmi nous un seul personage qui ait approché, même de loin, des qualités austères et sublimes qui ont immortalisé quelques Républicains de la *Grèce* et de *Rome.*

---

51. ———— A Versaille.

Je ne sais si je me trompe, mais j'ai la conviction intime, qu'un jour, parmi les scènes diverses de la Révolution, les Français distingueront avec intérêt, et peut-être avec quelque reconnaissance, les époques décisives des mois de Juin et Juillet 1789, lors desquelles leurs premiers Représentans, forts uniquement de justice et de raison, vinrent à bout de poser les pierres fondamentales de la Liberté et de terrasser radicalement le despotisme de la Cour, mal-gré tous les alentours d'astuce, de puissance et de richesse, dont un long écoulement de siècles l'avait successivement entouré.

52. —————— *Qu'après que tout danger.*

Ce n'était pas une des choses les moins désolantes pour les vrais Patriotes, que de se voir molestés par des hommes qui se disaient plus patriotes qu'eux, et qui pourtant demeurerent soigneusement cachés sous la toile, alors que le rôle d'acteur révolutionaire pouvait entraîner des risques personels . . . . . on ne les voyait nulle part alors ; depuis ils se sont montrés par-tout.

---

53. —————— *S'en répartir la gloire.*

Sic vos non vobis . . . .

Virgilius.

---

54. —————— *Qu'étaient leurs échafauds.*

Piget quidem dicere, his annis quam ludibrio fueritis paucorum, quàm fædè, quàmque inulti perierint vestri defensores.

Sallustius . . . . . Bell. Jug. *pag.* 93.

---

55. —————— *Pour chercher un refuge.*

Nunc fugientes conspectum sceleratorum quibus omnia redundant, abdimus nos quantum licet et soli sæpe sumus.

Cicero . . . . de officiis, *lib.* 3, *chap.* 1.

---

56. —————— *Au milieu des forêts.*

Je ne dis rien de trop ici : pendant l'espace de plus de deux années, j'ai demeuré dans ma retraite champêtre, presque toujours seul, et constamment livré aux réflexions les plus mélancoliques : il fut un temps où j'avais tout perdu jusqu'à l'espérance, et pourtant me trouvais-je heureux encore de pouvoir vivre loin des hommes que, mal-gré moi, j'avais appris à haïr.

Dans cet isolement absolu, je me rattachai avec force à deux sentiments précieux qui me furent toujours chers, l'amitié et l'amour des arts : je m'enfonçai à corps perdu dans l'étude pour me désoccuper de mes ennuis ; par fois aussi les soins touchants de l'amitié me procurerent des distractions bien douces.

57. ——————De n'être pas tranquille.

Je n'oublierai jamais quatre jours et autant de nuits que je passai, il y a peu de mois, au coin de mon foyer solitaire, entiérement abandoné à moi-même, dénué de toute espece de consolation, dans l'attente imminente et formellement annoncée d'une arrestation soudaine..... J'échapai, par miracle et avec l'aide de quelques amis, au sort que *messieurs les surveillans de Poitiers* me destinaient; mais qu'elles furent ameres les angoisses que je ressentis pendant ce long espace de temps ! J'éprouvai bien que l'attente du mal est pire que le mal même. Toutes les figures étrangères que je voyais me semblaient de mauvais augure ; je palpitais involontairement d'épouvante et d'horreur à chaque bruit qui se faisait entendre... Ah ! pendant des journées pareilles, les heures ont plus de soixante minutes ; elles n'ont point de fin.

58. ——————De Collègues.

Qu'elle serait longue la liste exacte de tous ceux des membres de l'Assemblée constituante, qui ont péri sous le fer des assassins et des bourreaux ! ainsi donc, c'est la mort qu'ils ont reçue pour prix de tant de sollicitudes et de fatigues, endurées pour la cause commune.... Ils ne sont plus.; mais j'aime à me persuader qu'ils réssusciteront avec quelque éclat dans les archives de l'histoire : ils ne sont plus, et c'est le cœur plein d'émotions déchirantes que je vais jetter des fleurs funéraires sur les tombes de trois d'entr'eux dont les noms suivent.

59. —————— *Fréteau, Député de Paris.*

On sait que cet homme vertueux encourut l'animadversion glorieuse du parlement de Paris dont il était membre, pour avoir dévoilé à l'estimable *Dupaty*, son beau-frère, quelques-unes des nombreuses malversations qui étaient pratiquées par l'engeance *Parlemento-robinocratique* : on sait qu'il fut envoyé en exil sous l'ancien régime, parce que, dans ce qu'on appeloit alors un lit de justice, il avoit parlé en homme libre contre les attentats du trône et des ministres ; on sait enfin, avec quelle énergie soutenue, il se montra l'invariable ami de la cause de la Liberté.

Telle étoit la réputation imposante de patriotisme et de vertu qu'il s'étoit justement acquise, que les Jurés même du Tribunal de *Robespierre*, ces hommes si prodigues de carnage et de sang, n'osèrent le condamner r et prononcèrent une première fois son absolution ; mais par une atrocité analogue à tout ce qui se faisait dans ces jours d'horreur, on le rentraîna presque aussitôt devant eux, sans doute avec l'injonction secrète de le sacrifier sans miséricorde. ... et il le fut.

60. —————— *Thouret, Député de Rouen.*

Les discours imprimés de *Thouret* existent par-tout, dans les journaux, ainsi que dans les diverses bibliothèques, et suffiront toujours pour faire foi de la beauté de son style et de la profondeur de ses conceptions : mais il faut l'avoir entendu, pour avoir une idée de l'élocution la plus majestueuse, la plus nette et la plus pressante, qui ait jamais embelli la bouche d'un homme.

Comme les bouchers de chair humaine n'avaient rien de réel à lui objecter, ils lui imputèrent une complicité dans je ne sais quelle conspiration de prison, que quelquefois ils faisaient naître exprès, pour se défaire de ceux contre qui ils n'avaient pas même à présenter l'apparence d'un reproche.

O vous, qui savez chérir la Liberté, et rendre hommage au génie, pleurez ! ... *Thouret* n'est plus.

61.——— *Brevet-Beau-jour, Député d'Angers.*

Lors des entretiens philantropiques que j'eus si souvent avec cet aimable jeune homme, si zélé pour le bien de son pays, et chez qui les plus éminentes qualités de l'âme répondaient à celles de l'esprit, eussai-je pu croire que des hommes qui se disaient patriotes, le feraient périr sur un échafaud, et qu'ils voudraient entacher sa mémoire du titre odieux d'ennemi de la Patrie ! *Brevet-Beau-jour*, mauvais citoyen ! .... Ah ! plut au ciel que les scélérats qui l'ont immolé, eussent été aussi bons citoyens que lui ! des flots de sang n'auraient pas inondé la France, et depuis long-temps nous serions tous heureux et vraiment libres.

62.———*Qui me fut cher.*

Con lui studi simili, e genio, ed anni,
Di tenera amista con dolci nodi,
Me indissolubilmente avean congiunto.

Mareco ...... le vacanze, *pag.* 35.   63 ——

63. ——————*Avaient-ils donc aussi.*

Cet article regarde particuliérement les lecteurs Poitevins, pour qui les cinq noms de *Conneau, Clergeau, Chauveau, Tabart et Sabourin* (ces quatre derniers âgés à peine de 25 ans), seront toujours un objet déplorable d'attendrissement et de regret : ils furent égorgés comme tant d'autres, *à la grande Boucherie de Paris*, sans preuves, sans examen, sans conviction...... Tous ceux qui les connurent auront peine à se consoler jamais; mais combien je dois être attristé davantage, moi, qui dans *Conneau* ai perdu un ami, dans *Clergeau* et *Chauveau* deux neveux que j'affectionnais tendrement, et qui savais apprécier les talents distingués de *Tabart*, et sur-tout de *Sabourin*! hélas! ce furent ces mêmes talents et ceux de l'infortuné *Chauveau*, qui les précipitèrent dans la tombe : les *meneurs* de Poitiers ne purent leur pardonner d'en avoir plus qu'eux, et comme ils leur connaissaient trop de délicatesse pour tenter de les associer à leurs brigues infernales, ils tramèrent leur perte, afin de se défaire à la fois de rivaux qui les éclaboussaient à la tribune, et d'hommes probes dont la surveillance éclairée les embarassait. —— ———

Les souvenirs amers que je viens de me rappeler m'engagent à interpeller ici un certain personage qui se reconnaîtra sans peine aux lignes que je vais tracer.... O toi! être dénaturé par la passion et l'esprit de parti; toi qui, naguère, en parlant des cinq victimes qui ont été massacrées à *Paris*, n'as point rougi de proférer ces expressions abominables, *Je ne les plains pas, ils furent Patriotes* : ne crains-tu point que ma plume vengeresse ne dévoile ici ton nom qui m'est connu, et ne te dévoue à la juste indignation de nos concitoyens, et de ceux même de ton parti? oui, de ceux de ton parti; car moi qui m'intéressai à leurs maux, et qui ai compati aux persécutions

E

qu'ils éprouvèrent ; moi, qui ai été assez heureux pour être utile à quelques-uns de ceux dont je réprouvais le plus forte- ment les opinions politiques, je ne peux pas imaginer que des sentiments aussi affreux soient dans leurs ames, et je me plais à croire qu'il n'y a parmi eux, que ta bouche dévargondée qui ait pu en vomir de pareils.... je veux bien pourtant te laisser dans l'obscurité qui est ton partage naturel, et t'abandonner à tes remords : mais prends bien garde désormais à discontinuer tes propos plus féroces encore qu'anticiviques ; ou tremble que ma plume, qui fut toujours celle de la franchise, ne te démas- que tout-à-fait !

64. ———————— Il étoit plus encore.

Amicitiæ vinculum est sanguinis vinculo cautius et explo- ratius ; quod illud nascendi sors, fortuitum opus, hoc unius- cujusque solido judicio incoacta voluntas contrahit.

Aurelius victor... oper. lib. 4, chap. 7.

65. ———————— Nous avions mêmes goûts.

Ea jucundissima est amicitia quam similitudo morum con- jugavit.

Cicero.... de officiis, lib. 1, chap. 17.

66. ———————— Après avoir soigné sa première jeunesse.

Eduxi à parvulo, habui, amavi pro meo.

Terentius.... Adelphi, act. 1, scen. 1.

67. ———— *D'horreur et d'amertume.*

O passati anni miei, O giorni, o ore,

Ch'io trar soleva in si dolce quiete!

Algarotti. .... Poésie , pag. 128.

───────────────────────────

68. ————*Pleurez sur mes douleurs.*

Un jeune homme de vingt-quatre ans et de la plus belle espérance, rempli de patriotisme et de talents, mon élève, mon enfant d'adoption, traîné à la boucherie et égorgé misérablement, sans que même il lui fût permis d'ouvrir la bouche pour se deffendre !.... Non, je ne peux m'accoutumer à cette idée tourmentante, et pourtant je ne saurais m'en dessaisir.

J'ai perdu déja bien des personnes qui me furent chères, des camarades d'enfance, une amante tendrement aimée, l'excellente femme qui me donna le jour, et le meilleur des peres qui était en même temps pour moi le meilleur des amis. Toutes ces pertes successives m'ont cruellement affecté; mais la derniere m'a plus adeuillé encore.....Les heures, les jours, les mois s'écoulent, et ma douleur ne fait que s'enraciner davantage.

Je jouissais par *Chauveau* de tout ce qui fait le charme de la vie : c'est moi qui l'avais formé, et je pouvais m'applaudir de mon ouvrage ; je le chérissais comme un autre moi-même, et il me payait bien de retour : souvent il préféroit ma société solitaire aux plaisirs les plus séduisants de son âge : nos ames étaient montées à l'unisson; tout ce que j'aimais, il l'aimait de même ; la musique, la lecture, la poésie étaient notre commune occupation de tous les jours. J'avais contribué à graver dans sa jeune ame un zele ardent pour la cause de la Liberté;

E ij

entiérement épris d'elle, il aimait à me communiquer ses craintes,
ses espérances, et à interroger mon expérience, fruit couteux
des années et des grands événements dans lesquels j'ai été acteur :
je jouissais avec délice de l'attachement qu'il me témoignait, et
je devais être autorisé à espérer que mes derniers jours seraient
embellis par les témoignages de son affection...... Il a cessé
d'être ; je ne le verrai plus dans ces promenades agrestes que,
tant de fois, nous parcourûmes ensemble ; et le laps des années
(s'il doit encore s'en écouler pour moi), ne me rendra jamais
ce que j'ai perdu en le perdant.

O vous ! ames sensibles, qu'importe que le nom de *Chauveau*
et le mien vous soient peut-être inconnus ? vous n'en prendrez
pas moins part à ma peine : il est un lien sympatique qui vous
attache à l'expression de mes douleurs, et je ne crains point
de vous importuner..... Quant aux autres lecteurs, ils feront
bien de me refuser leur suffrage que d'ailleurs j'ambitionne fort
peu, et je conviens que j'en ai trop dit pour eux.

> *Mi si conceda almen co' miei*
> *Rozzi carmi onorare del diletto*
> *Estinto amico ceneri amate,*
>
> *Ed à me sacre, e sempre*
> *Triste argomento di memoria acerba.*

Marenco.... le vacanze, pag. 35.

─────────────────────

69. ───── *D'un ou plusieurs tyrans.*

Ego certè bellum cum ipsa re geram, hoc est cum regno
et imperiis extraordinariis et dominatione et potentiâ quæ
supra Leges se esse velit.

Brutus.... epist. n.º 16.

70. ———————— *Ces hommes teints de sang.*

Un citoyen, aussi probe que véridique, me disoit aujourd'hui même, qu'ayant eu occasion de voir à *Paris* un homme trop connu dans nos climats ; il l'avoit entendu célébrer avec beaucoup de complaisance le plaisir qu'il éprouvoit à être témoin habituel des guillotinements qui étaient si multipliés alors : non, s'écriait-il avec un transport féroce de satisfaction, non, je ne connais pas de spectacle plus ravissant, que celui de contempler le sang qui sort à gros bouillons d'un corps séparé de sa tête... O Providence ! comment peux-tu engendrer des monstres pareils ? comment peux-tu permettre qu'ils tiennent dans leurs mains avilies le sort des mortels qui sont un ouvrage de tes mains ? .. Certes, je ne suis pas athée ; mais, je le deviendrais, je crois, si je m'occupais souvent de cette idée.

———————————————————————

71. ———————— *La mort & la fureur.*

» Eh ! dans la misere des choses humaines, quel bien vaut
» la peine d'être acheté du sang de nos frères ! la liberté même
» est trop chère à ce prix. »

J. J. Rousseau. .... Lettres de la Montagne, *lett.* 8, *pag.* 320.

———————————————————————

72. ———————— *Et non plus la terreur.*

. . . . *violenta nemo imperia*
Continuit diù, moderata durant.

Seneca. .... Troas, *act.* 2, *scen.* 2.

73. —————— Les Lois.

« Il n'y a rien de si puissant qu'une République où l'on observe les Lois. »

Montesquieu...... grandeur et décadence des Romains, pag. 35.

——————

74. —————— La probité.

Quid leges sine moribus
Vanæ proficiunt!

Horatius.... Od. lib. 3, n.º 18.

LE MARATISME

LU A LA SOCIÉTÉ POPULAIRE,

ET IMPRIMÉ PAR SON ORDRE.

> » J'ai vu de mon temps merveilles en l'indiscrete
> » et prodigieuse facilité des Peuples à se laisser
> » mener et manier la créance, où il a plu et
> » servi à leurs Chefs, par-dessus cent mescomptes,
> » les uns sur les autres. »
>
> *Montagne*.... Essais, *liv. chap.* 3, 10, *pag.* 307.

CITOYENS,

LA probité et la vertu sont enfin à l'ordre du jour, non plus en mots, mais en effets, et vous voyez que la victoire y est aussi de la même manière.

On ne dira pas, *la Hollande n'est plus*, comme jadis une voix menteuse et cruèlle le disait d'un malheureux pays qui nous avoisine de si près. Mais on dira avec vérité; la *Hollande* est conquise, ou plutôt elle est délivrée de ses tyrans, et va être replacée, par la bienfaisance française, à la hauteur de son antique liberté. Remercions les Dieux protecteurs de la Patrie, et après eux remercions la majorité respectable de nos

Représentans, qui, mal-gré les écueuils divers qui bordeht si fréquemment leur route, nous font faire chaque jour quelques pas vers le port **tant désiré de** la paix et de la prospérité publique.

Citoyens, ces images satisfaisantes que je me plais à retracer devant vous, et les perspectives fortunées qu'elles nous annoncent pour l'avenir, ne doivent pas nous empêcher de reporter nos regards en arriere, et de contempler les cicatrices encore toutes fumantes des plaies profondes qui ont si long-temps déchiré la France. . . . . Ah! ne les oublions jamais nos longues infortunes; ayons-les sans cesse devant nous, et sur-tout, remettons-en souvent le tableau épouvantable devant la génération naissante, afin qu'en apprenant à haïr le despotisme des Cours, elle apprenne aussi à abhorrer les monstres, qui, masqués sous des appa-rences fallacieuses, vinrent à bout d'asservir et de juguler leurs trop confiants concitoyens.

Qu'ils sachent donc, ces enfants sur qui reposent nos espérances, qu'ils sachent, que la seconde année de la République fut souillée par toutes sortes d'horreurs et de forfaits inconnus jusque-là dans l'histoire, ce dépôt authentique des grandes vertus, comme des grandes turpitudes de l'espèce humaine: qu'ils sachent, qu'alors le territoire français, occupé presque unique-ment par des hordes coalisées de tyrans, de geôliers et de bourreaux, était de toutes parts inondé du sang

de

de l'innocence (*) : qu'ils sachent enfin, que parmi les citoyens non associés à la faction dominante, il n'en est peut-être pas un seu qui n'ait été, ou jetté dans les cachots, ou menacé d'y être jetté, ou qui n'ait eu à pleurer sur l'infortune de quelque personne chérie. . . . . Je vous interpelle, Citoyens qui m'écoutez ; dites, si c'est la vérité qui conduit ma plume.

Il n'est donc point idéal le portrait que je fais ici ; il n'a malheureusement que trop de ressemblance avec la réalité de ce qui était naguère, et sans doute les couleurs qui le forment vous sont trop présentes, pour qu'il vous soit possible de les méconnaître ; sans doute aussi, vous détestez comme moi et ces scênes hideuses de désolation et les scélérats qui les ont dirigées ; n'est-il pas vrai que vous les détestez ces hommes de sang ? oui, votre indignation répond pour vous. . . . vous les détestez . . . . eh ! comment conservez-vous dans votre enceinte le buste de leur coryphée, d'un monstre tout ruisselant d'assassinats, de . . . . . *Marat* ?

Ici je ne chercherai point à m'entourer de mou-vemens oratoires pour pallier mes discours, et c'est à front découvert que je veux anéantir une idole factice qui fut encensée trop long-temps par l'ignorance et

---

(*) *Nihil autem miserius, quàm cum plebs imperita magnâ cum voluptate supplicia spectans, tyrannorum æquitatem laudat.*

Bodin . . . . . methodus historicus, *pag.* 307.

F

la perfidie. Je reçus en naissant toute la franchise d'une âme républicaine, et c'est, animé par cette même franchise dont je ne me départirai jamais, que je déclare hautement et sans détour, que *Marat* a emporté dans la tombe, comme il l'eut pendant sa vie, toute l'exécration que je suis susceptible d'éprouver.

Si je ne voulais pas limiter, le plus possible, les lignes que je trace en ce moment, il ne me seroit pas difficile de vous prouver, de la façon la plus évidente et la plus palpable, que cet homme vil et sanguinaire fut salarié tour-à-tour, tantôt par la faction *Orléanique* qu'il servit pendant la tenue de *l'Assemblée constituante*; tantôt par les *Puissances étrangères* qui achetèrent sa plume prostituée et vénale, pendant le cours de *l'Assemblée législative*; tantôt par *Robespierre & clique*, dont il fut l'émissaire affidé, depuis le commencement de la *Convention*, jusqu'au jour où il cessa d'être.

A travers ce flux (*) et reflux d'intrigues et de factions diverses, il joua toujours un rôle apparent parmi ceux qui prêchèrent le meurtre et le brigandage : rappelez-vous les pages immondes que sa main déhontée

_____

(*) *Spenta una divisione, ne surge un'altra, perche quella citta, che con le sette più che con le leggi si vuol mantenere, come una setta e rimasa in essa senza opposizione, di necessita conviene che frà se medesima si divida.*

Machiavel.....ist. pag. 72.

et féroce a salies depuis le commiencement de la révolution ; rappelez-vous qu'il n'en est pas une seule, où il n'ait consacré la violation des maximes les plus respectables de la justice et de la morale, où il n'ait invité effrontément ses lecteurs égarés, au pillage, aux assassinats, aux crimes de tout genre.

Citoyens, ce n'est point encore là une langue étrangère que je vous parle, et vous êtes tous aussi instruits que moi. . . . . Comment pouvez-vous donc endurer que le buste d'un homme aussi exécrable soit placé parmi vous dans le poste d'honneur ? ne pouvez-vous en approcher ? est-il, comme les Dieux, défendu par la foudre ? ou bien, la terreur vous domine-t-elle encore assez pour que vous n'osiez pas renverser la Divinité monstrueuse, dont quelques scélérats avaient voulu substituer le culte à celui du Créateur de la nature ?

C'est ici pourtant, c'est dans cette enceinte, que cette génération naissante dont nous nous entretenions tout à l'heure, que ces enfants chéris qui doivent un jour recueillir le fruit de nos longues fatigues, viendront bientôt chercher des modèles d'honneur et de vertu : comme leur jeune imagination se tourne naturellement vers ce qui la frappe, ils verront *Marat* couronné de lauriers, ce symbole simple, mais précieux, de la reconnaissance nationale, et ils voudront s'instruire du motif qui lui a valu cette distinction flateuse.

F ij

Quelle sera alors votre réponse? . . . . . leur direz-vous qu'il a mérité ce salaire respectable, pour s'être baigné dans le sang de leurs peres, pour avoir dénaturé et corrompu l'esprit public, pour avoir attaqué impudemment les principes les plus sacrés de l'équité naturelle? leur apprendrez-vous, que même après son trépas, son nom hideux servit encore de prétexte aux *égorgeurs*, ses pareils, pour traîner à l'échafaud un jeune (*) homme intéressant, votre compatriote, qui, après avoir honoré tant de fois cette tribune par son éloquence et son zele brûlant pour la Liberté, fut indignement massacré à *Paris*, sans qu'on voulût lúi permettre de dire un seul mot pour sa défense? leur apprendrez-vous aussi, que ce fut par une suite du régime *cannibalique*, dont *Marat* fut l'apôtre le plus fervent, que quatre autres de vos concitoyens, recommandables par leur patriotisme, ainsi que par les

---

(*) Note. . .» *Chauveau* se trouvant à *Châtelleraud* au mois de » Décembre 1792, entra à la Société populaire où il était question » de *Marat*, et il se servit, pour le dépeindre, des mêmes » expressions dont je me sers aujourd'hui. On l'a fait périr » dix-neuf mois après, parce qu'il avait été trop franc, tant » à *Châtelleraud*, vis-à-vis *Marat*, qu'à *Poitiers*, vis-à-vis » quelques *meneurs*. . . . . Voilà, Français, quels sont les fruits » amers de votre engouement servile pour certains personages. » Si vous voulez être libres enfin, renoncez pour toujours à » la manie funeste d'idolâtrer les individus : sachez faire cas » de l'homme probe, de l'homme éclairé, de l'homme utile ; » mais ne vous passionez jamais que pour la liberté et la vertu. »

qualités réunies de l'esprit et du cœur, furent associés au sort déplorable du malheureux *Chauveau*, et assassinés comme lui, sans preuves, sans instruction, sans le moindre examen ?

Ici, Citoyens, je lis sur vos visages les émotions généreuses et fortes qui vous animent ; je vois que la présence infecte de ce buste ne souillera plus mes regards, et qu'il va être relégué avec horreur parmi les plus sales immondices de cette cité.

Je pourrais autoriser ce que je demande sur ce qui a été fait à *Paris*, où les effigies enfin appréciées de *Marat* ont été chassées avec ignominie de plusieurs endroits publics ; mais des hommes vraiment libres ne doivent pas se laisser guider par des impulsions étrangeres : assez et trop long-temps ceux qui formaient cette Société ne firent que suivre le sentier de routine qui leur était tracé au loin . . . . *Les Jacobins de Paris* voulaient ; on voulait ici : ils condamnaient ; on condamnait ici : ils dépanthéonisaient l'immortel *Mirabeau* ; on le dépanthéonisait ici : ils apothéosaient l'ignoble *Marat* ; on l'apothéosait ici.

Citoyens, défaites-vous encore de cette pitoyable manie d'imitation ; laissez-la aux singes à qui elle est propre, et songez que vous êtes hommes. Faites ce qui est juste, faites ce qui est honnête, faites ce qui est digne de la liberté et de la vertu , et ne vous occupez pas du soin frivole de savoir, si autour de vous on a fait également ce qu'on a dû ; . . . . . or,

il est juste, il est honnête, il est digne à la fois de
la liberté et de la vertu (*), de purger vos regards de ce
qui les souille ici chaque jour.

En conspuant la mémoire abominable de *Marat*, à
dieu ne plaise que je veuille attaquer celle de *Pelletier-
Saint-Fargeau*, dont le buste estimable a été accolé
avec tant d'inconvenance à celui de ce cannibale!...
Pelletier, quoique né dans le sein de l'opulence et
des grandeurs, se montra toujours l'ami invariable et
pur de la Liberté : quand il n'auroit pas d'autre mérite,
que d'avoir été un des collaborateurs les plus actifs
du Code pénal et de la sublime institution des Jurés;
quand même depuis on pourroit lui reprocher quelques
torts, il auroit encore des droits éternels sur l'hommage des hommes pensants et des âmes sensibles.

A cet égard, Citoyens, qu'il me soit permis de
vous présenter une courte observation.......je ne
veux point chercher à influencer votre opinion sur
tels ou tels de nos Législateurs : mais je vous exhorte
à placer toujours au plus haut degré de votre estime
ceux qui suivent assiduement les délibérations de
l'*Assemblée*, ceux qui travaillent d'une maniere efficace

(*) » Rien de si rare qu'un homme vertueux, parce que
» pour l'être en effet, il faut avoir le courage de l'être dans
» tous les temps, dans toutes les circonstances, mal-gré
» tous les obstacles, au mépris des plus grands intérêts. »
Barthélemi.... Voyages du jeune Anacharsis, *chap. 78.*

à vous donner de bonnes Lois : il est possible que leurs noms soient obscurs et ignorés, et que peut-être ils ne s'entendent pas à composer ces harangues brillantes qui séduisent et enlèvent les suffrages; mais pour leur payer le tribut de reconnaissance qui leur est dû, qu'il vous suffise de savoir qu'ils surveillent habituellement la confection des Lois, où quelquefois une seule ligne retranchée ou ajoutée, est plus importante pour les générations futures, que tout ce fatras d'éblouissant bavardage qu'on a mis si souvent en place des vrais accents du patriotisme et de la liberté.

Reportez vos regards vers *Robespierre* et vers *Marat* : ils ont beaucoup parlé, beaucoup écrit . . . . eh bien ! je défie qu'on me cite une seule Loi, que dis-je, un seul article de Loi utile qui ait été promulgué d'après leur avis. Des Lois (*) sages pourtant feront seules le bonheur de ce peuple dont ils osaient se dire les amis ; mais ce n'est pas son bonheur qu'ils désiraient ; ils ne désiraient qu'une série interminable de troubles et de dissensions, qui leur était d'autant plus nécessaire, qu'ils ne pouvaient perpétuer que

---

(*) » La source de tout bien, c'est l'amour de la Liberté;
» mais il doit être accompagné de l'amour des Lois : sans l'union
» de ces deux sentiments, les Lois toujours incertaines et flottantes
» seront tour-à-tour dictées et détruites par la multitude, et
» l'anarchie produira enfin la tyrannie. »

Mabli . . . . . Droits et devoirs du citoyen, *pag.* 163.

par-là leur effroyable tyrannie, établie sur les bâses sanguinolentes de l'anarchie et du terrorisme.

Ici, Citoyens, je bornerai le cours de mes réflexions, parmi lesquelles il ne m'en reste plus qu'une à vous présenter .... et la voici.

Si (ce que je suis bien loin d'imaginer) il était possible que vous voulussiez conserver parmi vous l'effigie horrible que j'ai là devant moi, je vous déclare avec la loyauté austère d'un homme libre, que je m'abstiendrais pour toujours de porter mes pas dans cette enceinte : car, mal-gré moi, je m'y trouve forcé de jetter les yeux sur la représentation d'un monstre que j'abhorre, et ils me semble alors, que je sens encore rejaillir sur moi quelques goutes du sang innocent et chéri (*) qu'il a fait répandre.

(*) *Feminis lugere honestum est, viris meminisse.*
Tacitus .... Germania, n.° 27.

EPITAPHES

ÉPITAPHES
RÉVOLUTIONAIRES.

» Vulgus eâdem pravitate insectabatur inter-
» fectum , quâ foverat viventem. »
Tacitus. . . . hist. lib. 3 , pag. 247.

AVANT-PROPOS.

J'AI accolé ici des noms d'hommes justement exécrés à côté de ceux de quelques-
unes de leurs victimes : les lecteurs sauront
bien en faire le triage, et se réuniront à moi
pour maudire les uns et pour donner des
larmes aux autres.

Plusieurs de ces Épitaphes ont été faites
pendant le regne sanglant du terrorisme; on
les reconnaîtra sans peine à la maniere embar-
rassée avec laquelle j'étais contraint de voiler
la vérité.

G.

1. —————— *Epitaphe de Mirabeau.*

Il eut les plus rares talents
Et le premier au *Panthéon* prit place;
Mais aujourd'hui ses mânes sont errants:
De sa tombe un Décret le chasse,
Pour je ne sais quels torts qu'on dit être fort grands...
Et c'est *Marat* qui le remplace. (*)

2. —————— *De la Rochefoucault.*

Sous cette tombe est un ami du bien,
Un philantrope, un zélé citoyen:
Pour son pays il eut un cœur de flamme,

(*) *Note...* » Grâces soient rendues à nos Représentants pour la » Loi infiniment sage qui exclut du *Panthéon* tout défunt qui » ne pourra pas rapporter un acte mortuaire, en date au moins » de dix années.... Pendant une époque aussi prolongée, l'orage » des passions se calme. Tel homme qui parut un Dieu, n'est » plus qu'un nain, et tel autre dont ont voulut faire un nain » paraît un géant. »

Je vois dans la tolérance et la liberté les sauveurs du monde; je ne les vois que là, et je me dévouerais pour réaliser ce qu'expriment ces mots sacrés.

» Voilà ce que *Mirabeau* écrivait en 1786, dans une lettre, » sur *Cagliostro, pag. 56*: ce sera à la génération qui s'élève, à » juger impartialement, s'il a tenu sa promesse, et s'il doit » être *répanthéonisé.* »

Quoique d'honneurs jadis environné.....
Pleurez vous tous qui connûtes son âme;
Pleurons ensemble,... il meurt assassiné.

3.——————*De la femme Dubarry.*

Ci-git une insigne catin
Qui d'abord fut fille publique,
Et qui bientôt après devint
Maîtresse d'un Prince lubrique,
Qu'on disait pourtant très-chrétien.....
Sous la terrible guillotine,
Elle a fini par trébucher :
Si l'on n'eut à lui reprocher,
Que ses torts, comme concubine
Du roi qu'elle sut raccrocher,
Nous pouvons dire à la sourdine,
Qu'on alla bien loin les chercher.

4.——————*Du comédien Grammont.*

Des tyrans il porta le sanglant diadême
Sur la scène, et depuis, devenu Commandant,
Dans la triste *Vendée* il fut tyran lui-même....
Enfin il a tombé sous le fatal tranchant.

5.————— *Épitaphe de Condorcet.*

Ci-git le fameux *Condorcet*,
Qui peut-être encore vivrait,
Si ne cultivant que l'étude
Et des arts occupé toujours,
Il eut dans quelque solitude
Obscurément coulé ses jours.

---

6. ————— *De Philippe d'Orléans.*

Ci-git un homme si honni,
Qu'à son trépas aucun ami
Ne pleura, pas même sa femme,
Qui plutôt eût dit grand merci....
Dieu pourtant veuille avoir son âme !

7.————— *De Brevet.*

L'ami du bien public, des beaux arts, des vertus (*) ;
Qui fut aussi le mien... *Brevet-Beaujour* n'est plus.

(*) Voyez les notes du Robespierrisme, n.° 61.

8. ——— De Chabot.

Ci-git un insigne vaurien
Qui de la Liberté se prétendit l'apôtre...
Lui, l'apôtre d'un pareil bien !
La siènne, il la souilla sous le froc capucin :
Pouvait-il donc aimer la nôtre ?

---

9. ——— D'Anacharsis-Cloots.

Ci-git un étranger dont l'impudente voix
Osa se donner quelquefois
Le beau nom d'orateur du monde :
Il se disait partisan de nos Lois,
Quand plein d'une astuce profonde,
Il servait la cause des rois.

---

10. ——— De Barnave.

Celui qui git ici, Constituant célèbre,
N'aima la Liberté que pour les hommes blancs...
Sans doute il eut des torts; je les trouvai fort grands :
Pourtant j'aurais voulu que le ciseau funèbre
N'eut pas anéanti les précoces talents
D'un pareil homme, encore à la fleur de ses ans.

11.————Épitaphe de Phelipeaux.

Ci-git un mortel vertueux,
Ami zélé de sa Patrie ;
Il démasqua les factieux.....
Les cruels ont tranché sa vie.

12.————De la Croix.

Ci-git monsieur la *Croix*, notre Représentant,
Qui, s'il ne fut grand homme, au moins fut homme grand.

13.———— D'Hebert.

Si l'on me demande en quel lieu,
D'Hebert réside l'âme noire,
Je dirai sans plus longue histoire,
Elle est dans le néant.... il ne crut pas en Dieu.

14.————De Chaumette.

Il avoit à parler la langue toujours prête ;
Mais assez ne parla pour garantir sa tête.

15.———— De Carra.

Ci-git *Carra*, le journaliste,
Lequel, suivant qu'on le paya,

Parut patriote , athéiste ,
Aristocrate , royaliste ,
Républicain. . . . et cætera.

16. —————— De *Westermann et Custine.*

Ils se battirent vaillamment
Et furent chers à la Patrie ;
Mais depuis ils ont eu des torts apparemment,
Puisque sur l'échaffaud ils ont laissé la vie.

17. —————— De *Fâbre-d'Églantine.*

De mons *Fâbre* tel fut le sort. . . .
Il composa maint et maint drame ,
Et finit par un dont la game
Devint un solfége de mort.

18. —————— De *Rolland.*

Si les mots suffisaient pour être vertueux ,
Celui qui git ici serait l'égal des Dieux.

19. —————— De *Jourdan.*

Ci-git , enfin guillotiné ,
Celui qui dans le sang tant de fois s'est baigné.

20. ——— *Épitaphe de Linguet.*

Linguet, lors de ses plus beaux jours,
D'un grand talent développa le germe :
Bientôt l'intrigue en avilit le cours ;
Puis l'échaffaud en fut le terme.

---

21. ——— *De Momoro.*

Sans doute il est un Dieu qui chérit les vertus
Et punit les méchants. . . car *Momoro* n'est plus,

---

22. ——— *D'Alexandre Beauharnais.*

Des premiers Députés il fut le président ;
D'une armée il fut commandant ;
Il avait et jeunesse et grâces et talents,
Et n'a pas moins, avant le temps,
Pris place au fatal monument.

---

23. ——— *De l'ex-Evêque de Paris.*

Du siége épiscopal tombé,
Ci-git *Gobet*, que la mort a gobé.

24. ———

24. ———— De Clermont-Tonnerre (*)

Par ses talents et son génie,
Long-temps des droits de la Patrie
Il se montra le défenseur.
Depuis, il l'a moins bien servie ;
Mais par un meurtre plein d'horreur,
Fallait-il donc trancher sa vie ;
Pour le punir de son erreur ?

25. ———— Du Cardinal de Brienne.

L'illustre de *Brienne* est là ,
Dévot , athée , et cætera ,

(*) *Note*... » L'éloquent *Clermont-Tonnerre* et le vertueux » la *Rochefoucault*, l'homme qui peut-être aima le plus franche- » ment la Liberté et la Patrie, furent assassinés impunément, » l'un dans les rues de *Paris* et l'autre dans la *Normandie*, » lors des époques abominables du mois de Septembre 1792, » qu'au prix de mon sang, je voudrais pouvoir rayer de nos » annales, où elles feront le pendant affreux de l'affreuse journée » de la *Saint Barthélemi* : encore les assassins d'alors étaient- » ils égarés par le fanatisme et par le manque de lumieres, » tandis que les monstres dont je parle.... Oh ! qu'il m'en » coute de ne pouvoir dès l'instant même les dévouer nomi- » nativement à l'exécration des siècles !... quelque jour, moi » ou d'autres les burinerons ignominieusement dans les fastes » de l'histoire. »

H

Qui comme évêque nous trompa,
Comme ministre nous pilla....
Entonnons un *Alleluia.*

---

26 ————*Épitaphe de Thouret, Chapelier
et Rabaut Saint-Etienne.*

Qui n'admira leurs talents, leur génie !
Ils paroissaient aussi bien servir la Patrie ;
Mais nous devons croire pourtant,
Que sans doute ils l'avaient trahie,
Puisque tous trois ils ont perdu la vie
Sous l'inexorable instrument.

27.————*De* Ronsin *ex-général,
de l'armée révolutionaire.*

Ci-gît le général *Ronsin :*
Fuyez passans.... ce fut un insigne coquin.

---

28. ————*De Manuel.*

Fut-il l'ami de son pays !
C'est ce qu'en vérité je n'imagine guère :
Au demeurant il est en terre....
Dieu lui donne son paradis !

29. ———— De Tessier (*).

On ne peut pas aimer la Liberté ,
Plus que *Tessier* . . . il meurt assassiné.

---

30. ———— Du poëte Roücher.

Il tança le club jacobite ,
Et certes il n'avait pas tort ;
Mais ses talents et son mérite
N'ont pu le sauver de la mort.

---

31 ———— De d'Épresmenil.

Il fut zélé parlementaire
En faveur de la Liberté ,

(*) *Note* . . . » *Tessier*, ex-Administrateur du Département
» de la *Vienne*, avec qui je fus lié dès ma premiere jeunesse,
» adorait la Révolution ; mais il ne l'adorait pas en aveugle,
» et la journée du 31 Mai, qui a entraîné tant de proscriptions,
» lui paroissait ce qu'elle paraîtra dans l'histoire, plutôt le fruit
» mendié des intrigues d'un parti, que l'expression du vœu
» spontané du Peuple : il manifesta ce qu'il voyait ; dès-lors
» le reproche de *fédéralisme* fut lancé contre lui, et sa fran-
» chise lui a couté la vie : il a été englouti dans la sanglante
» voirie de *Paris*. . . . Combien de jours précieux ont été tran-
» chés par l'effet de ce mot pestilentiel et nullement compris par
» ceux-là même qui l'employaient, » . . . *Fédéraliste !*

Qu'il expliquoit à sa manière ;
Et depuis, comme Député,
Il devint bientôt l'adversaire
Des droits dont il était naguère
L'apôtre le plus emporté.

---

32. ——— *Épitaphe de Carrier.*

Ce fut tandis qu'il exista
L'horreur et le fléau du monde :
Sa présence même souilla
Des enfers la demeure immonde.

---

33. ——— *De Luckner.*

Cet étranger, ex-généralissime
De nos soldats que jadis il battit,
Depuis, pour je ne sais quel crime,
Sous la guillotine périt.

---

34. ——— *De Mirabeau cadet.*

Ci-gît un ami du plaisir,
Dont en deux mots voici l'histoire :
Il ne fit que chanter et boire,
Jusques à son dernier soupir.

35. ————— *Des cinq victimes* (*) *de Poitiers.*

Vous que des hommes sanguinaires,
Conduisirent à l'échafaud, ...
Victimes d'infâmes bourreaux;
Ombres malheureuses et chères,
Agréez les fleurs funéraires
Que je répands sur vos tombeaux.

36. ————— *Du ci-devant abbé de Montesquiou.*

Douce, sentimentale, amène,
Son éloquence en souveraine
Régnait sur les cœurs satisfaits . . . .
Il fut le *Cicéron* Français;
Mirabeau fut le *Démosthène.*

37. ————— *De Camille-des-Moulins.*

Camille avait une âme honnête
Et chérissait la Liberté:
Mais il vivait dans ces jours de tempête,
Où sans exception, pour peu qu'on ait été

(*) Voyez les notes du Robespierrisme, *n.°* 63.

En lieu trop apparent par le sort transporté,
  Il a fallu perdre ou courber la tête
  Devant le crime accrédité.

38.————*Épitaphe de Florian* (*).

Amis du sentiment, des talents et des mœurs,
Vénérez cette tombe, et couvrez-la de fleurs.

39.————*Du baron de Trenk.*

Il fut plongé long-temps dans les cachots des rois.
Et ses revers iront au temple de mémoire ;
Puis il vint à *Paris* pour renverser nos Lois :
(Du moins tel est le bruit de la commune voix);
Là messieurs les bourreaux ont fini son histoire.

(*) » *Note*..... *Florian* sorti de prison, après la journée
» du *neuf Thermidor*, mourut presque aussi-tôt, soit par suite
» de ses ennuis, soit par l'effet de la joie trop subite qu'il
» éprouva....Comment nos *Cannibales* avaient-ils épargné les
» jours de l'aimable auteur de *Numa* et d'*Estelle* ? Comment
» s'étaient-ils privés de la jouissance si bien faite pour leurs
» cœurs impies, qu'ils auraient éprouvée sans doute, en se
» baignant à l'aise dans le sang précieux de celui qui a été
» par excellence, le peintre du sentiment et de la vertu ? »

40. —————— *De Charlote Corday.*

Ci-dessous git une fille étonante,
Dont l'échafaud a terminé le sort,
Et qui jeune encore, charmante,
Sut, sans trouble, sans épouvante,
Froidement affronter la mort.

———————————

41. ———— *De* Marat, *faite pendant le terrorisme.*

Sous cette tombe est le corps révéré
D'un sémi-Dieu, qui toujours entouré
De factions, de troubles, de tempêtes,
Crut qu'il fallait, pour vivre dans les fêtes,
Et pour avoir un repos assuré,
Abattre encore un million de têtes.

———————————

42. ———— *Autre épitaphe de* Marat.

Ne pouvant pas trouver d'assez noires couleurs,
Pour peindre dignement *Marat l'anthropophage*,
Je mettrai simplement dessus son sarcophage...
Ci-git le composé de toutes les horreurs.

43. ———— *De* Saint-Just.

Ce conspirateur impudent
Cessa d'être, à la fleur de l'âge.

Il eut du talent, c'est dommage ;
Mais pourquoi cet homme méchant
En fit-il un pareil usage ?

44.————Épitaphe de Robespierre aîné.

Les Dieux enfin t'ont puni de tes crimes.
Meurs, scélérat.... va joindre tes victimes.

45.————De Robespierre cadet.

Il eut non pas l'esprit, mais l'âme de son frere :
C'est dire assez, combien le gas ne valut guère.

46.————De Couthon.

Ce Couthon, dont le nom salit ici mes vers,
Eut du talent; mais l'âme et le corps de travers.

47.————De Damas, Président du Tribunal révolutionaire.

La guillotine a donc enfin puni
L'être atroce qui gît ici.

48.————

48. ———— *D'Henriot, Commmandant de la Force armée à Paris.*

O vous tous, amis des vertus !
Riez . . . . mons *Henriot* n'est plus.

---

49. ———— *Vers sur* Fouquier-Tinville, *Accusateur public du Tribunal révolucionaire.*

Il vit encor tout souillé de ses crimes
De tant de citoyens l'exécrable égorgeur :
à son nom abhorré chacun saisi d'horreur,
Dit : quand ira-t-il donc rejoindre les victimes
Qu'accumula sa barbare fureur ?

---

50. ———— *Épitaphe de la Municipalité de Paris.*

Les individus qui sont là
Membres étaient de la commune immonde ;
Qui certain jour, par audace profonde,
Contre nos Sénateurs en masse se leva,
Et que cette démarche incontinent mena
Sur les rives de l'autre monde (*).

(*) *Note*. . . . . . » Bénissons tous l'heureuse journée du
» *9 Thermidor* et ceux de nos Représentants qui en ont dirigé

I

» le succès : en se sauvant eux-mêmes de la proscription qui
» les attendait, ils ont aussi sauvé la Patrie. Sans leur surveil-
» lance, sans leur courageuse activité, combien de Français
» sont enlacés maintenant dans les bras caressants de leurs
» enfants, de leurs épouses ou de leurs amantes, qui languiraient
» dans l'horreur des cachots ! combien d'autres voient encore
» le jour, qui depuis long-temps n'existeraient plus !... moi-
» même qui écris ces lignes, sans-doute, j'aurais cessé d'être ;
» sans-doute j'aurais succombé sous la hache des bourreaux,
» ou sous le faix trop pesant des douleurs qui m'atteignaient
» sous tous les points de vue possibles, tant comme parent et
» ami, que comme homme et comme citoyen. »

CONCLUSION.

JE veux enfin détourner mes regards de tant et tant d'images funestes, puisqu'il est possible aujourd'hui de les reposer sur des tableaux plus doux, et que nous touchons à l'époque désirée où nous posséderons, non plus dans une théorie idéale, mais réellement et par pratique, les attrayantes jouissances de la Liberté; oui, nous touchons à cette époque fortunée qui ne peut exister qu'avec la paix, et nous y touchons, parce que nous touchons à la paix même.

Déjà la paix est faite avec la Toscane; déjà des préliminaires d'heureux augure font jettés en avant par d'autres Puissances; déjà des nouvelles satisfaisantes nous ont annoncé que la guerre de la *Vendée* était à peu près finie; cette guerre fatale, si désastreuse pour la France entière, et sur-tout pour les Départemens limitrophes; cette guerre sanglante, qu'il eut été si facile de terminer promptement avec quelques mesures de douceur et de tolérance, et qui, conduite à la manière dévastatrice des féroces meneurs, a fait de ces déplorables contrées le vaste cimetière de la Patrie, et lui a couté presqu'autant d'enfants que les fusillades et les bourreaux.

Me voilà encore retourné à des idées lugubres ; mais en occupant ses pensées de ce qui était naguère, il est impossible, de quelque côté qu'on les tourne, de ne pas se retracer des scênes pénibles de carnage et d'horreur... Je les abandonne tout-à-fait, cette fois, pour me pénétrer totalement des émotions délicieuses que j'éprouve, lorsque je me représente les avantages incalculables qui émanent naturellement de la paix, le retour entier de l'ordre, de la confiance, de l'harmonie sociale, la cessation de toutes les animosités et de ces effrayantes lois révolutionaires dont la rigueur désordonnée attrista si souvent l'homme sensible ; alors, l'agriculture et le commerce, sortis de leur long état de stupeur, rouvriront dans toute la République les canaux régé-

nérateurs de l'industrie et de l'abondance;
alors chaque jour amenera des Lois sages,
modérées , impartiales , qui assureront à la
fois le bonheur individuel et la prospérité
publique.

Sans doute , je ne m'entretiens pas ici de
prestiges et de brillantes impostures; oh! non,
je n'ai jamais su dire ce que je ne pense pas:
j'ai dit que bientôt notre République triom-
phante aurait la paix, et je l'ai dit, parce
que, d'après une foule de probabilités , j'en
ai la conviction la plus intime. . ... Comme
ce mot de paix est charmant à prononcer !
comme il retentit délicieusement à l'oreille ,
et combien la chose sera plus intéressante
encore que le mot !

. Je sais qu'il est encore quelques hommes
atteints d'une *maladie incurable* dont l'imagination rembrunie ne veut voir que des chi-
mères dans les réalités que je trace ici; qui
se plaisent à se noircir la pensée de terreurs
mensongères, et qui , toujours rapetissés par
une foule de préjugés antiques, persistent à

ne pas vouloir sortir du cercle rétréci de leurs vieilles idées.

Citoyens, plaignez leur erreur ; mais ne les tourmentez point : soyez heureux, et que le spectacle désespérant de votre bonheur soit leur punition unique : songez que la violence ne fit jamais que des mécontents ou de vils apostats ; laissez-les donc se bercer à l'aise dans leurs illusions politiques ou religieuses ; croyez qu'ils ne viendront jamais à bout de les inculquer dans l'âme de leurs enfants, et que ceux-ci ajouteront plutôt foi aux faits convaincants dont ils seront entourés de toutes parts, qu'aux vains discours d'une fole prévention : persuadez-vous enfin, qu'une fage tolérance et de bonnes Lois acquerront à la révolution de nombreux prosélites, & qu'ainsi le jour n'est pas éloigné où tous les Français, réunis sous les banières tricolores, ne feront plus qu'un Peuple de freres.

Vous avez vu bien des fois le soleil, caché par les nuages, la pluie et la foudre, reparaître bientôt plus resplendissant encore... il en sera de même de notre liberté : elle eut aussi ses momens d'orage ; souvent elle fut obfcurcie par les nuages épais dont l'ignorance, la scélératesse, l'anarchie et les préjugés divers l'environnèrent tour-à-tour : mais bientôt la paix lui rendra ses charmes originels, et la dégagera de toutes les souillures qui la défigurèrent trop long-temps.

Je terminerai cet opuscule par deux citations qui m'ont été fournies par *Cicéron et J. J. Rousseau*, c'est-à-dire, par les deux hommes qu'à tout prendre, je regarde comme les écrivains les plus parfaits qui aient existé, l'un parmi les anciens, l'autre parmi les modernes..... (les phrases sublimes et vraies de *Rousseau* peuvent s'appliquer à ce que j'ai dit dans mes notes sur le *Robespierrisme*; voyez n.º 46).

» Supposons l'abus de la Liberté aussi natu-
» rel que celui de la puissance, il y aura
» toujours cette différence entre l'un et l'autre,
» que l'abus de la Liberté tourne au préju-

» dice du Peuple qui en abuse, et le punissant
» de son propre tort, le force à en chercher
» le remede : ainsi de ce côté, le mal n'est
» jamais qu'une crise, et ne peut faire un état
» permanent, au lieu que l'abus du puissant
» ne tournant point au préjudice du puissant,
» mais du faible, est, par sa nature, sans
» mesure, sans frein, sans limite. »

Lettres de la Montagne . . . n.º 9, pag. 434.

Liceat aliquandò aliquo reipublicæ statu nos frui, interque nos conferre sollicitudines nostras quas pertulimus.

Epistolæ ad familiares . . . lib. 6, n.º 22.

F I N.